DOCTEUR MIRACLES

Voyage au cœur de la démence

Thibaud Bachard

TABLE DES MATIÈRES

CHAPITRE 1

À LA RECHERCHE D'UN SUJET EXTRAORDINAIRE

Animatrice télé, ce n'est pas rien. À seulement 32 ans, Kara Keller est déjà la star du petit écran. Son émission ***Et si c'était vrai*** cartonne. Et pour cause, en plus d'être intelligente, Kara est une sorte de *Lara Croft*, une bombe au physique incendiaire qui ne recule devant rien. Surtout face à la caméra ; plonger d'un hélicoptère, escalader des falaises, ou descendre dans les noirceurs d'une grotte inconnue, tout est bon pour faire monter l'audimat. Son champ d'investigation est principalement axé sur les phénomènes étranges, voire impossible. Sa dernière enquête a eu lieu dans les profondeurs de l'Amazonie. Simplement armée d'un coutelas, la belle aventurière traversa la jungle à la recherche d'une tribu disparue. Et lorsqu'enfin elle la trouva, ces êtres n'appartenaient plus au monde des humains.

Leur réincarnation s'était depuis longtemps opérée. À la tombée de la nuit les arbres se mirent à bouger, des lianes enlacèrent ses cuisses et ses bras dénudés, tandis qu'un serpent descendait vers son beau visage. Prisonnière, elle regardait impuissante les ombres défiler, jusqu'à ce qu'un jaguar surgisse du néant et la fixe du regard. Les yeux du fauve brillaient, comme ceux d'un démon. Puis l'animal auréolé d'une lueur se métamorphosa en un oiseau rare, s'envola et disparut en poussant un cri à glacer le sang. Les lianes retrouvèrent soudain leur normalité et le serpent s'en alla. Libérée de ses entraves, à nouveau seule, Kara se demandait si elle n'avait pas été victime d'une hallucination. Mais fort heureusement, son équipe de caméramans avait tout enregistré. Tout cela pour dire que dans le monde de l'audiovisuel, tout tombe toujours à pic. L'objectif de la caméra semble attirer les événements incroyables. Mais le public n'est pas dupe, la magie de ces concours de circonstances inouïes et si extraordinaires pour le commun des mortels que nous sommes, finit tôt ou tard par lasser. Et ça, Kara en est bien consciente. Si elle ne trouve rien de nouveau, un sujet vraiment digne de ce nom ; son émission risque de s'arrêter. Que faire ? La comédie a assez duré. Il lui faut une histoire impossible – mais vraie cette fois. Un truc exceptionnel, une bizarrerie qui sorte vraiment de l'ordinaire. Elle ne peut tout de même pas invoquer les esprits ! Non. Bien sûr que non ! Kara est une personne équilibrée qui ne croit pas aux diseuses de bonne aventure, aux gurus et autres charlatans. En la voyant perdue dans ses pensées, un collègue la taquine et lui lance :

– Eh, Kara, il paraît que t'es à cours d'inspiration. Faut dire que les phénomènes paranormaux ça ne courent pas les rues de nos jours. Alors si j'étais toi, j'irais faire un tour à l'asile de Bellman. J'suis sûr que tu trouveras un ou deux spécimens qui feront merveilles dans ton émission.

– Ah, ah, ah. T'es vraiment pas cool Ned, rétorque Kara avec sa désinvolture habituelle. Puis elle réfléchit. Ben tu sais quoi ? T'as sans doute raison Ned. Ton idée me plaît bien après tout.

– Nan, t'es pas sérieuse là ? Tu comptes tout de même pas aller traîner ta belle frimousse dans ce monde de damnées.

– Si et plutôt deux fois qu'une. Je ne rigole pas Ned. Demain je débarque là-bas.

– Okay, dans ce cas, si je n'ai plus de nouvelle de toi d'ici une semaine, j'informerais le procureur pour lui dire que tu n'es pas folle et qu'on te libère au plus vite.

– À plus, Ned. Souhaite-moi bonne chance et merci pour le tuyau.

– Y a pas de quoi. Dommage, j'étais un de tes plus grands admirateurs. Tu vas me manquer Kara. Bye, ironise Ned Morris en lui envoyant son plus doux baiser du plat de la main.

Il est à peine 6h du matin. La journée tarde à se lever, comme si le ciel conspirait, retardait volontairement l'arrivée d'un jour nouveau. Kara est partie seule à bord de sa Land Rover. Une fine pellicule d'eau se déverse inlassablement sur son pare-brise. Elle sillonne la grande route à flanc de falaise. Un rayon de soleil au-dessus de l'océan capture son attention. Dans le nuage menaçant, le faisceau s'agrandit, déchire l'opacité et laisse sa lumière jaillir jusqu'à la surface des flots. Kara voit dans ce spectacle grandiose ; un message, un message du divin, adressé spécialement pour elle.

Je suis la lumière venue vaincre les ténèbres, songe-t-elle avec toute la fierté d'une femme dans la force de l'âge. À peine le sens de cette fabuleuse réflexion pénètre ses cellules gorgées de vie, qu'un camion surgit du virage. Mue par un prodigieux réflexe de survie, de justesse, d'un coup de volant elle esquive la mort qui poursuit sa course infernale. Elle lève les yeux dans le rétroviseur, juste le temps d'apercevoir l'arrière du camion. Le visage d'un zombie qui sourit à pleines dents y est dessiné. La beauté irréelle du dessin la glace d'épouvante. Pourtant Kara ne s'arrête pas pour autant, ni ne fait demi-tour. Malgré la frayeur qui a traversé tout son corps en frôlant l'accident mortel, elle n'est pas prête à se laisser détourner de sa route. L'image du zombie et les sombres présages qu'il augure, la hantent. Mais elle préfère s'attacher à la force positive qu'a fait naître la vision du rayon de soleil. *Je suis la lumière venue vaincre les ténèbres.*

Plus elle avance, plus la brume s'épaissit.

CHAPITRE 2

EN VISITE À L'ASILE DU DR BELLMAN

La route qui mène à la clinique psychiatrique du Dr Bellman est étrangement calme. Elle serpente à flanc de falaise. Kara n'en voit pas le bout. Une brume tenace recouvre les hauteurs. Impossible de distinguer quoique ce soit. Le suspense reste entier jusqu'à la toute dernière minute, celle où Kara découvre enfin l'imposant manoir. De lourdes grilles en interdisent l'accès. Rien qu'à regarder cette vieille bâtisse, l'endroit lui donne la chair de poule. Un tas de pensées morbides lui viennent subitement à l'esprit et elle se demande si venir seule était une si bonne idée. Peut-être devrait-elle rebrousser chemin ? Il n'est pas trop tard pour faire demi-tour, songe-t-elle tout à coup. Car il se peut que Ned ait raison. Et si l'on m'enfermait ? Séquestrée à vie dans cette prison de l'horreur. Soudain comme pour faire taire son odieux discours intérieur, le portail s'ouvre dans un sinistre grincement. D'abord surprise par l'étrangeté de ce phénomène, Kara scrute les alentours et se demande où peut bien être cachée la caméra de surveillance. Et surtout, que peut bien penser celle ou celui qui l'observe derrière l'objectif. Puis elle s'arme de courage, appuie sur la pédale d'accélérateur et franchit les portes du manoir. Elle roule sur un long chemin de terre, jalonné d'arbres centenaires, au beau milieu d'un parc dominé par l'inquiétante façade de la clinique. Deux infirmières viennent de sortir et l'attendent. Kara se gare à proximité de l'entrée, et s'étonne de ne pas voir d'autres véhicules. L'instant d'un éclair, elle s'examine dans la glace. Avant de partir, son instinct lui a intimé l'ordre de ne pas trop attirer l'attention. Mais cela risque d'être difficile, Kara est une créature extrêmement séduisante. La vie lui a tout donné, sauf qu'ici, elle doute fort que sa beauté soit un cadeau de bienvenue. Alors pour faire bonne figure, elle a noué ses cheveux en un parfait chignon, ne s'est presque pas maquillée, a revêtu une banale paire de baskets et un pantalon unisexe assorti à un large pull-over.

– Ok, tout va bien. Je suis ici pour une raison bien précise. Alors tâche de ne pas l'oublier ma jolie, murmure-t-elle pour se rassurer en s'admirant une dernière fois.

Et lorsqu'elle détache son regard du miroir, une frayeur sans nom la cloue sur place et lui fait dresser les cheveux sur la tête. L'une des infirmières a son visage collé à la vitre, un visage sans expression, vide, tout comme ses yeux grands ouverts, posés sur elle. Interdite, Kara finit par lui décocher un sourire en coin, avant de tenter de reprendre sa contenance habituelle, même si elle sait qu'elle n'y arrivera pas. Depuis qu'elle a quitté son domicile, trop d'événements se sont produits, dont un particulièrement marquant, qui a failli lui coûter la vie. Et sa petite voix lui dit que maintenant qu'elle est entrée dans ce lieu de cauchemar, ce n'est pas près de s'arrêter. Pourtant, elle ouvre la portière et se laisse conduire par les deux infirmières, deux femmes robustes, qui l'escortent derrière les murs de cette sinistre demeure. Une fois pénétrée à l'intérieure, Kara se sent oppressée et lorsque la porte de l'asile se referme sur elle, un profond mal-être l'envahit.

— Madame Keller, le règlement est très strict. Pour le bien-être de tous, nous observons un protocole très exigeant qui ne tolère aucune négligence. Rien ne doit être apporté dans ces lieux. Veuillez s'il vous plaît me remettre tous vos effets personnels.

— Comme vous voudrez.

Kara obtempère. Et avec une certaine lassitude mêlée de crainte, lui remet son sac à main et son téléphone portable.

— Non, attendez je vous prie, dit l'infirmière en chef. Ses yeux ont pris un air supérieur, presque sévère, comme si elle s'adressait à une enfant prise en faute pour la réprimander. Les bagues, bracelets et colliers ne sont pas autorisés sur ce site, conclut-elle d'une voix amère.

Kara la regarde, étonnée ; vexée par ce ton plein de suffisance qui la met au défi de réagir.

– Tenez et prenez en soin, lui rétorque la belle Kara, en déposant négligemment ses bijoux dans la bassine. La bague et son collier de perles, viennent grossir le tas, près de son sac à main hors de prix et de son smartphone à 2 000 $.

Elle franchit le portique de détection, et l'appareil se met à sonner.

– Zut, qu'est-ce qui se passe encore ?

L'infirmière en chef lui demande de se mettre sur le côté et lui fait une fouille au corps en la palpant des pieds à la tête. Kara fait appel à toute la résilience dont elle est capable pour surmonter cette épreuve à la limite du sadisme.

– Ce stylo n'est pas autorisé, menace l'infirmière en lui faisant les gros yeux, brandissant fièrement sa trouvaille à la main.

– Votre procédure commence vraiment à me taper sur les nerfs !

– Je comprends, lui répond simplement l'infirmière, avant d'ajouter dans un petit rictus de satisfaction ; votre ceinture non plus n'est pas autorisée.

– C'est pas croyable ! ricane Kara en la lui remettant.

– Vous me remercierez plus tard, lui lance l'infirmière d'une voix énigmatique. À présent, veuillez me suivre.

Le bureau du docteur en psychiatrie Judith Bellman se trouve au deuxième étage, dans l'aile sud, là où se situe le bâtiment administratif. En chemin Kara a croisé quelques pensionnaires. Curieusement elle n'a rien noté de particulier dans leur comportement.

– Toutes ces femmes ont l'air normal ? questionne Kara.

– Ne vous fiez pas aux apparences, répond l'infirmière en chef, en esquissant l'ombre d'un sourire.

Kara ne sait pas trop quoi dire, ni trop quoi penser en entendant cette réponse. Mais au moins, elle sait ce qu'elle ressent. Un frisson vient de parcourir son corps, et elle commence à éprouver un sentiment de doute. Pourtant, elle sait qu'elle doit impérativement se ressaisir.

Le Docteur Bellman, une grande femme en blouse blanche, l'accueille d'un beau sourire plein d'allant et l'invite à s'asseoir.

– Alors, comme ça vous êtes venue ! Je vous avoue que de prime abord votre proposition m'a déconcertée. Pour être tout à fait franche, je n'étais pas pour qu'une vedette de la télé vienne mettre la pagaille dans cette clinique. Mais vous êtes là, seule, comme je vous l'ai expressément demandée, conclut le Docteur Bellman en la fixant droit dans les yeux.

– Oui. J'ai respecté vos engagements, lui répond Kara sur un ton à la limite de l'insolence.

– Sachez que je vous en suis grandement reconnaissante. Comprenez bien que la présence de caméras nuirait fortement au fragile équilibre de ce lieu. Nos résidentes sont déjà assez perturbées et je ne voudrais pas les accabler davantage. Certaines sont issues de familles très riches. Il est donc de mon devoir de leur offrir le meilleur des traitements, tout en gardant un secret absolu sur leur état mental.

– Combien avez-vous de pensionnaires ?

– 32, exclusivement des femmes, dont 23 en séjour partiel.

– En séjour partiel ?

– Oui, c'est bien ça. Généralement ce sont des femmes victimes de violence conjugale, de harcèlement ou d'abus sexuel qui présentent des troubles mineurs de bipolarité, de dépression nerveuse et d'abandon de soi. Nous sommes leur refuge, une main secourable pour les restructurer et les aider à reprendre confiance dans un monde où elles ont perdu pied. Nous mettons tout en œuvre pour qu'elles se rétablissent au plus vite et reprennent leur vie en main.

Kara frémit en pensant à la question logique qui découle de ces paroles. Néanmoins, elle prend une grande inspiration et se lance :

– Qu'advient-il des 9 autres ?

– Sur ces 9 pensionnaires, 4 sont en voie de guérison, 2 sont en séjour long et les 3 autres restantes sont internées pour une durée indéterminée. Ces chiffres comme vous en conviendrez surement sont tout à fait acceptable. Contrairement aux hôpitaux psychiatriques, nous disposons d'un arsenal thérapeutique très poussé basé sur les dernières avancées en matière de neuroplasticité. Nos méthodes révolutionnaires opèrent parfois des miracles sur des cas réputés incurables. Notre pourcentage de réussite est bien au-delà des normes actuelles. C'est pourquoi nous nous voyons confier les membres d'une clientèle haut de gamme, à la recherche de résultat.

— Donc pour vous, d'après votre diagnostique, vous estimez que 3 de ces femmes devront peut-être rester enfermées ici jusqu'à la fin de leurs jours ? Ne trouvez-vous pas cela injuste, Docteur ?

— Oui, cela va sans dire. Encore qu'il faille user de prudence avec ce genre de propos. Tout dépend de quel côté vous abordez le problème.

— Expliquez-vous Docteur ! J'ai un peu de mal à saisir.

— Je pense que le mieux est que voyez par vous-même. Enfilez cette blouse. Je vous invite à nous rendre en face, dit le Docteur Bellman en s'approchant de la fenêtre à barreaux.

Kara vient la rejoindre. De là où elles sont, c'est-à-dire au deuxième étage de l'aile sud, elles ont vu sur l'immense cour intérieure ; un parc de verdure encadré à la manière d'une forteresse où se côtoient des femmes atteintes de démence. Certaines marchent en zigzague, d'autres à quatre pattes, et quelques-unes pourraient passer pour saines d'esprit.

— Qu'y a-t-il en face ?

— L'aile nord. Ou si vous préférez, là où séjournent nos pensionnaires permanentes.

Kara déglutit, ne trouvant rien à redire ; trop révulsée à la simple idée de se voir subir un jour, le même sort que ces pauvres femmes.

– Je suis la fondatrice de cette clinique, continue le Docteur Bellman.

Kara la regarde avec suspicion, et se demande quel âge a cette femme finalement.

– À l'époque de son rachat, cet établissement était un ancien couvent en ruine, poursuit le Docteur Bellman. Ses fondations ont été bâties suivant des plans d'architecture infiniment complexes, obéissant à des lois très précises. Des lois qui malheureusement ne sont plus appliquées de nos jours.

– À quels genres de lois faites-vous référence ?

– À des lois cosmiques, des lois d'ordre spirituel tombées dans l'oubli au fil du temps. Tout a été calculé au millimètre. Le choix de l'emplacement surplombant la mer, n'est pas dû au hasard. Il répond à une science tellurique venant du fond des âges. En effet il y a de par le monde certain endroit comme celui-là. Des places chargées de puissance où ils se dégagent des courants de forces régénératrices. Beaucoup de temples ont été érigés sur ces champs magnétiques vivifiants à hautes fréquences comme la Basilique Sainte Geneviève...

Au fil de leur conversation, Kara prend conscience que le Docteur Judith Bellman aime à parler ainsi. À exprimer enfin tout haut des choses qu'elle n'a dites à personne. Cela lui fait du bien. Si elle ne se savait pas ici, Kara, aurait presque envie de rire ; comme si les rôles se sont inversés, elle, thérapeute d'un imminent docteur psychiatre, quelle ironie ! Et le meilleur dans tout ça, c'est que Kara se sent bien, presque apaisée par l'étrangeté de la conversation du Docteur Bellman. À présent, elle a envie d'en savoir davantage, tout ceci se révèle passionnant. Et comme sous l'effet d'un charme magique, distillé par ces propos fort intriguants, l'effroi qu'elle avait en arrivant s'est soudain dissipé, pour laisser place à une curiosité grandissante. Suspendue aux lèvres du docteur, Kara s'est habituée à la vue des pensionnaires qui déambulent dans les couloirs. Certaines ne la remarquent même pas. Tandis que d'autres, sont prises de fou rire, comme des jeunes lycéennes intimidées à la vue d'une nouvelle institutrice.

Le parc intérieur est magnifique, grand, décoré d'un beau parterre fleuri et de quelques plantes poussant çà et là sur un gazon parfaitement entretenu. Pourtant, il manque quelque chose de crucial dans ce jardin d'Éden ; aucun arbre n'y a été planté.

Le docteur n'a nul besoin de lui expliquer pourquoi. La raison n'en est que trop évidente. Ici plus qu'ailleurs, grimper aux arbres ou aux arbustes, peut vite devenir un jeu mortel. Ce qui n'est pas le cas de la végétation, qui elle, a été sélectionnée avec soin ; l'herbe, les pétales, les tiges, les racines, les plantes, les fruits – tout y est comestible.

Elle se baladent au milieu du parc, comme deux amies... au milieu des aliénées.

– Oh, j'ai une urgence, dit le docteur en consultant son bracelet électronique qui s'éclaire d'un message et sonne sans interruption, rompant ainsi le charme de cette belle complicité. Asseyez-vous sur ce banc si vous le souhaitez, je ne serai pas longue. C'est l'affaire de quelques minutes. Rien de grave, je vous assure.

– Bien, comme vous voudrez, répond Kara, en la voyant s'éloigner à grands pas décidés vers la sortie.

Un vent frais se met à souffler, chargé d'une odeur marine, rappelant à Kara que l'océan se trouve juste de l'autre côté de ces remparts ; comme un appel à la liberté. Assise sur le banc, elle observe, intensifiant la puissance de son regard sur ces femmes que la folie a emprisonnées, parfois trop loin des rivages de la réalité.

Elle ne l'a pas vue. Une femme se tient debout, juste derrière. Elle aussi observe, ses yeux sont fixes. Depuis un bon moment, elle regarde l'arrière du crâne de la visiteuse. Kara est en train de méditer sur ces terribles réflexions, se coiffe de la main, et l'arrête pour se masser l'arrière de la tête. Quand soudain, elle se fige toute entière. Le dos de sa main a senti un souffle chaud, que son cerveau brusquement en alerte a identifié, comme l'haleine d'une personne. D'un geste, Kara quitte le banc et se retourne. Face à elle, se trouve une femme imposante, bouche ouverte, les yeux exorbités. Elle se met à bafouiller, puis soudain son langage devient clair.

– Liberté, ah, ah, ah. La liberté, ah, ah, ah, ah. Liberté ! eh, eh. Océan ! ah, ah, AH.

– Dis donc, Martine ! C'est pas très gentil de se moquer des gens. Allez, laisse cette dame tranquille, dit sagement l'infirmière.

– Euh, sursaute la patiente, portant avec brusquerie la main à sa bouche, en prenant un air coupable, comme prise en flagrant délit de faute grave. Oui, d'accord. Je vais faire ça, dit-elle calmement, d'une voix douce, avant de s'en aller, en rigolant de tout son être ; AH. AH, AH, AH, Ah, ah, ah, ah...

Sans ajouter un mot, l'infirmière repart à son poste d'observation, faire son travail de surveillance, près de la façade ouest, avec derrière l'océan... et la liberté.

Ce petit intermède dans le fil de ses pensées, a bouleversé Kara. Et si la gardienne ne s'était pas interposée, peut-être que les choses auraient mal tourné. Mais il y a autre chose de plus mystérieux, que vient de soulever cette étrange rencontre. Une question ; une seule et unique question, qui tournoie, de plus en plus vite dans sa tête. Elle se pose comme un ultimatum à sa conscience. Car la réponse qui en émane, n'appartient nullement au domaine du possible.

Le Docteur Bellman revient, Kara éprouve un soulagement.

– Pardonnez-moi de vous avoir abandonnée.

– Je vous en prie. J'imagine facilement à quel point votre présence doit être indispensable, répond poliment Kara.

Elle aimerait bien lui raconter ce qui vient de lui arriver, mais elle en n'est tout bonnement incapable. Son esprit est encore trop rationnel pour qu'elle ose reconnaître ouvertement la nature singulière d'un tel événement. Peut-être qu'après tout, ça n'a pas eu lieu. Compte tenu de l'endroit, Kara se rassure en se disant qu'il y a de forte chance pour que son imagination lui ait joué un tour. Elle n'a pas bien dormi et a pris son petit-déjeuner sur le pouce. Oui c'est ça, j'ai été victime d'une hallucination, s'avoue-t-elle, non sans une certaine gêne. En effet, cette conclusion sonne faux, et elle doit faire beaucoup d'effort pour s'en convaincre. Mais comment faire taire cette petite voix qui lui susurre que c'est vrai ? Que cette aliénée a réussi à percevoir le fond de ses pensées. Et que nier cette évidence, c'est se mentir.

— Je vous sens quelque peu absente. Quelque chose vous tracasse ? s'informe le docteur.

— Non, ce n'est rien, balbutie Kara comme extirpée d'un rêve marquant.

— Je vous prie d'accepter mes excuses, j'ai la fâcheuse habitude de me mêler de ce qui ne me regarde pas. Encore une de ces déformations professionnelles, qui a tendance à irriter mon entourage.

Kara se demande à quel genre d'entourage, le Docteur Bellman se réfère ? Est-elle mariée ? A-t-elle des enfants ? Se peut-il que cette femme connaisse les joies de la vie de famille ? Oui, probablement…et pourtant, elle semble loin du commun des mortels. Comme si toute son existence est vouée à rester cloîtrer entre ces murs, à servir toutes ces âmes perdues. Son travail l'occupe à plein temps ; ça ne fait pas l'ombre d'un doute...

– Ne vous formalisez pas Docteur, c'est que j'ai l'impression d'avoir basculé dans une autre dimension. Cet univers est tout nouveau pour moi. J'ai besoin de m'y accoutumer.

– Puis-je vous parler franchement Madame Keller ?

– Oui, je vous en prie, l'invite Kara le cœur serré d'appréhension.

– De vous à moi, lâche le docteur sur un ton de connivence amicale, en se tournant vers elle ; l'obligeant à s'arrêter ; nous savons très bien que votre émission de télé n'est qu'une vaste supercherie. Je sais pourquoi vous êtes là.

– Bien sûr, puisque je vous l'ai dit au téléphone, s'emballe Kara, soudain décontenancée par la tournure de leur conversation.

– Non, je ne vous parle pas de maquiller les faits, comme vous et votre équipe de spécialistes d'effets spéciaux en tous genres, savez si bien le faire. Passer maître dans l'art de rendre la réalité plus digeste pour vos téléspectateurs, en inventant des histoires à dormir debout, n'est pas leur rendre service. Bien au contraire, croyez-moi.

– Le monde du divertissement est ainsi fait, et ce n'est pas moi qui vous dirais le contraire. Cependant, je pense que nous avons tous besoin de rêver, n'est-ce pas Docteur ?

– Oui, sur ce dernier point, je suis entièrement de votre avis. Oh, je ne vous blâme pas. Votre rôle de belle aventurière vous va à merveille. Cependant, je déplore qu'une émission comme la vôtre, qui traite d'un sujet aussi passionnant que le surnaturel, soit si superficielle. Cela a fini par vous blaser, à vous rendre insatisfaite, tout comme vos milliers de spectateurs adeptes de ce genre de programme. Vous ne trouverez la paix de l'esprit que lorsque cette insatisfaction sera comblée. Fort heureusement, votre venue ici est une bonne chose et me prouve que pour vous, ce petit jeu a assez duré. Jouer un rôle basé sur des chimères ne vous intéresse plus. Il vous faut plus. Vous cherchez un point d'ancrage, un élément solide qui brisera définitivement les codes de votre réalité. Il ne fait aucun doute que l'objet de votre visite, soit la recherche d'une confrontation avec l'impossible.

– Oui, c'est exactement ça, Docteur, répond Kara, ébahie par la justesse de ces propos.

– Y avez-vous bien réfléchi ?

– Oui, enfin, je pense. Mais pourquoi me dites-vous ça ? s'étonne Kara légèrement mal à l'aise.

– Parce qu'après, il n'y a pas de retour en arrière.

Un léger frisson lui glace le sang. Tout ça commence à lui faire peur. Envisage-t-elle sérieusement d'aller au bout de son étude ? Et si oui, quelles en seront les séquelles si la nature de sa découverte l'ébranle jusqu'aux tréfonds de son âme ? En supportera-t-elle le choc ? Ou est-ce que la folie triomphera et balaiera d'un coup, tout espoir de reprendre possession de ses facultés mentales.

– Alors, si tel est votre souhait, déclare la psychiatre, je me propose de vous l'offrir...

CHAPITRE 3

LA RESCAPÉE DES BERMUDES

Elles sont arrivées à l'aile nord, le secteur le plus sécurisé de la clinique. Le Docteur Judith Bellman a été formelle, rien ne doit sortir d'ici ; il est strictement interdit de divulguer des informations sur ce lieu et ses occupantes qu'elles soient internées ou membres du personnel. Tout doit rester dans le plus grand secret. Ceci est primordiale pour la santé mentale de ses patientes et la réputation de l'établissement. Parmi les trois internées à durée indéterminée, deux se trouvent en cellule d'isolement, à l'écart de tout contact provenant de l'extérieur. Seul le Docteur Bellman et son équipe ainsi que certains membres de leur famille proche sont habilités à leur rendre visite. Les chambres sont spacieuses, perchées sur les hauteurs avec une vue imprenable dominant la mer. Seul bémol, les fenêtres en verre blindée, ne s'ouvrent pas. À l'abri derrière la vitre d'observation encastrée dans chaque porte, le

Docteur Bellman se livre à un passionnant récit sur l'histoire qui a conduit ces deux femmes, ici. Par respect pour elles, afin de conserver leur anonymat, le docteur ne mentionne pas leur nom de famille.

– La première s'appelle Alexandra. Son parcours est assez atypique. Tout juste diplômée de Harvard, la jeune Alexandra pour célébrer l'événement, décide de partir faire un tour du monde entre copines. Avec l'aide de leurs parents fortunés, elles ont réussi à se payer un bateau ; un magnifique yacht avec un skipper professionnel réservé à l'année. La vie est belle et tout semble au beau fixe. Mais ce caprice d'enfant gâté va vite tourner au cauchemar. Sur les trois passagères, seule Alexandra sera retrouvée, son corps dérivant au large. Personne ne sait ce qui s'est passé. Une enquête a été ouverte et à ce jour, soit 10 ans après le drame, son dossier n'est toujours pas refermé. Nul ne sait ce qui est advenu de ses deux amies. En pénétrant dans le Triangle des Bermudes, le bateau et son équipage ont mystérieusement disparus. Alexandra semble être la seule rescapée de cette terrible tragédie qui lui a coûté sa santé mentale. Nous ne savons rien de ce qu'elle a subi. Mais ce que je peux affirmer, c'est que son traumatisme a été d'une extrême violence, au point de balayer tous ses souvenirs. Alexandra vie dans un monde que même nous spécialistes, ne pouvons qu'appréhender. Tout cela reste une énigme parfaitement insoluble. Après tout le mythe sur le Triangle des Bermudes, n'est peut-être pas une facétie. Sinon, comment expliquer tous ces bateaux à jamais perdus, qui parfois aux dires de certains capitaines de la marine marchande, réapparaissent l'espace d'un instant, sous la forme d'épaves fantômes glissant sur l'océan. Et que dire de ces avions qui disparaissent des écrans radars et dont le bruit assourdissant des moteurs hante le ciel bien des années plus tard. Comme vous le voyez, cette femme est la preuve vivante que cette zone recèle des mystères tout à fait extraordinaires. Aujourd'hui Alexandra présente des troubles neurologiques post-traumatiques sévères qui lui interdisent tout contact avec la société. Son univers se résume à son esprit. Tout se passe dans sa tête. Alexandra est parfois prise de violente crise d'angoisse.

— En connaissez-vous la cause ? l'interrompt Kara tout en observant de plus en plus intriguée cette singulière patiente, derrière l'épais carreau de la porte.

— Oui, je pense la connaître, dit le docteur d'une voix fataliste. Alexandra a peur qu'une force invisible l'enlève à nouveau.

— Mais tout cela n'est pas réel. N'existe-t-il donc pas de moyen pour lui faire comprendre que tout cela est impossible ?

— Qui vous dit que tout cela est impossible ?

Kara ne sait plus trop quoi dire. En effet que répondre à un imminent docteur en psychiatrie, lorsqu'il vous dit le plus sérieusement du monde, que ce vous croyez comme vrai, n'est plus. Dès lors le plancher de votre raison s'effondre et il n'y a qu'un pas, pour sombrer dans les limbes de la folie.

— Vous n'êtes pas sérieuse ? s'exclame Kara désarçonnée.

– Que vous ai-je dis dans le parc ?

– Euh, balbutie Kara.

– Que j'allais vous offrir une confrontation avec l'impossible, la coupe le docteur. N'est-ce pas ce que vous désirez ?

– Je l'admets, c'est certain. Mais comment m'en convaincre.

Alexandra est assise sur un fauteuil, face à la fenêtre. Le Docteur Bellman pose sa main sur l'écran à reconnaissance digitale et la porte s'ouvre en produisant un bruit de décompression, comme à bord d'un vaisseau spatial dans *Star Trek*. Alexandra n'a pas daigné se retourner. Elle n'offre à ses visiteuses que la vue de ses cheveux châtain clair parfaitement coupés qui tombent joliment sur le col de sa belle chemise blanche. Kara suit en retrait et laisse le docteur se rendre auprès d'elle. La pièce est magnifique, ressemblant à une de ses suites somptueuses que l'on retrouve uniquement dans les hôtels de luxes. Il y a un grand lit surmonté de fresque asiatique et un petit salon vers la baie vitrée. La porte de la salle de bain est ouverte, révélant une baignoire impressionnante trônant au milieu d'un décor époustouflant aux murs à l'aspect d'un beau marbre blanc. Mais Kara ne s'y trompe pas ; elle sait qu'il ne faut pas se fier aux apparences. La psychiatre lui a révélé que dans cette chambre, tout a été construit dans une matière très spéciale dont la caractéristique principale est d'avoir la mollesse de la pâte à modeler tout en ayant le pouvoir, en cas de choc, de reprendre sa forme initiale. Les vitres sont composées d'une sorte de plastique mou dont la transparence égale celle de l'atmosphère. De plus des caméras judicieusement placées capturent 24h/24h, 7 jours/7 l'ensemble du périmètre. Rien n'est laissé au hasard, même une fourmi ne passerait pas inaperçue.

– Bonjour Alexandra. Comment allez-vous aujourd'hui ? demande la psychiatre sur un ton neutre.

La dénommée Alexandra n'a pas bougé d'un cil. Sa silhouette reste stoïque, le regard perdu dans l'horizon. Kara s'est approchée à pas de loup derrière le docteur, fascinée par cette entrevue exceptionnelle. Votre père m'a remis cette lettre, annonce la psychiatre, sans s'attendre à une réponse de la part de sa patiente. Je vais vous la lire, dit-elle en sortant de la poche de sa blouse une petite feuille de papier.

Chère Alexandra,

Ta mère et moi savons que tu n'apprécies pas que l'on vienne te voir. Tu cherches à nous protéger, et nous t'en remercions du fond du cœur. Nous aimerions tellement savoir ce qui te fait peur. Nous avons espoir qu'un jour tu nous reviendras. Nous t'aimons.

On t'embrasse fort

Maman et Papa

Tandis que le docteur range la lettre dans sa poche, Kara subjuguée, s'avance d'un pas. Alertée par cette présence inconnue, la tête de la patiente pivote. Kara ne peut s'empêcher de sursauter. Le visage d'Alexandra est tourné dans sa direction, et les iris bleus de ses yeux injectés de sang la fixent avec une intensité décuplée.

– Oh ! Mille excuses, Alexandra. Je vous prie de bien vouloir m'excuser. Je vous présente Kara. Elle est animatrice de télévision, dit la psychiatre pour détendre l'atmosphère.

Mais l'aliénée ne la lâche pas pour autant du regard. Kara se sent épouvantablement mal à l'aise. Il se passe quelque chose, quelque chose d'inexplicable, de mentalement insaisissable. Comme si l'air de cette pièce devenait plus compact. Le plus déroutant, c'est que Kara a le sentiment très net qu'elle n'imagine pas cette sensation, bien au contraire, elle la ressent dans tout son être, comme une réalité. Et soudain cette émotion fait naître une drôle de pensée dans son esprit... se pourrait-il qu'une main surgisse de l'invisible pour s'emparer d'eux ?

– Laissons Alexandra, voulez-vous ? suggère le docteur, délivrant son invitée de ses effroyables réflexions.

Elles sortent de la chambre abandonnant la malheureuse Alexandra à son triste sort.

– Venez avec moi je vous prie. À présent, je vais vous demander d'observer la plus grande prudence, déclare la psychiatre en se faisant ouvrir une lourde porte de métal, par deux infirmières de forte corpulence.

Le Docteur Bellman se garde bien de lui dire que la porte est en titane massif, capable de supporter une pression de 500 bars, soit l'équivalent d'une immersion à plus de 10 000 mètres sous le niveau de la mer.

— Restez toujours près de moi, ne posez aucune question et évitez tout contact visuel prolongé. Si l'on vous regarde, baissez les yeux. Marlène nous accompagne, dit le docteur en indiquant du regard l'une des deux infirmières.

Kara jauge l'infirmière d'un air approbateur. Marlène pèse dans les 120 kilos, sa taille est de 1m85, et ses séances d'haltérophilie hebdomadaire lui donnent l'apparence d'une brute épaisse, avec néanmoins un soupçon de féminité dans l'expression joviale de son visage.

— S'il se passe quoi que soit, ne paniquez pas, reprend le docteur en s'adressant à Kara. Nous avons l'habitude de gérer tout type de situation. C'est notre métier.

— Si vous le dites, alors je n'ai plus qu'à suivre vos recommandations à la lettre et à m'en remettre entièrement à vous, répond Kara d'une voix faible.

Elle essaye de paraître détachée, à l'aise comme l'héroïne de *Tomb Raider*. Généralement c'est ce qu'elle fait quand elle a peur. D'habitude c'est un truc qui fonctionne plutôt bien. Mais là, bizarrement, ça ne marche pas. Elle a beau faire appel à toute la puissance de son imagination, les images de ses actrices préférées jouant les intrépides à l'écran, n'ont plus aucun effet sur elle. Une angoisse s'insinue sournoisement dans son cerveau. Et à la place des souvenirs galvanisants de ces films inspirants, c'est brusquement l'une des scènes de *Les dents de la mer* qui refait surface. Celle de la cage à requin qui plonge inexorablement, entrainant son passager vers les grands fonds, à la rencontre du plus terrifiant de tous les prédateurs de la planète. C'est cette dernière vision, qui maintenant, s'impose avec force à son esprit.

CHAPITRE 4

LA GUERRIÈRE IMMORTELLE

Le docteur en psychiatrie Judith Bellman accompagnée de sa visiteuse Kara Keller escortées de l'infirmière Marlène Johnson, se positionnent devant la cellule de Crystal Stewart.

Sa chambre diffère fortement de celle d'Alexandra. Sa porte est en titane massif verrouillée par une poignée tournante circulaire comme celle d'un sous-marin. Un hublot permet d'observer la patiente. Kara la cherche du regard, mais ne la trouve pas.

– Elle est ici, signale la psychiatre en se servant de l'écran de caméra mural.

– Que fait-elle assise derrière la porte ? s'inquiète Kara fixant cette femme qui lui sourit en retour.

– Elle nous attend, répond l'infirmière qui sur un signe de tête du docteur commence à tourner le volant pour actionner le déverrouillage manuel.

Kara déglutit. Pour tout l'or du monde, jamais elle n'échangerait sa place contre celle de cette femme. La simple vue de cette porte lui donne déjà des sueurs froides. Comment peut-on garder une personne dans de telles conditions ? C'est inhumain ! Comment ne pas devenir folle ? De quel droit peut-on infliger ça ? Kara éprouve soudain une vive aversion pour la psychiatre et tout son personnel qui s'abaissent à ses pratiques barbares. Mais la porte s'ouvre et elle reste muette. Bouche bée devant la grande métisse couleur caramel qui lui fait face. Crystal mesure presque 2 mètres, et chose étrange, malgré sa détention et sa belle chevelure blanche, elle conserve une fraîcheur intacte doublée d'une parfaite condition physique. Sa physionomie est un bel alliage de beauté et de puissance qui force le respect. Quant à ses yeux verts, ils semblent pouvoir vous transpercer jusqu'à l'âme. Kara n'a pas à se souvenir des recommandations du docteur, son instinct l'invite naturellement à détourner le regard.

– Comment ça va doc ? interroge la détenue d'un air supérieur avant de toiser la nouvelle visiteuse.

– Je vais bien, merci, répond la psychiatre en souriant.

– Je parie que vous êtes allez voir Al avant de venir.

– Qu'est-ce qui vous fait supposer cela ? demande le docteur.

– Votre invitée surprise n'a pas enlevé les mains des poches de sa blouse depuis qu'elle a franchi cette porte. Ses bras sont trop près du corps. On dirait qu'elle a peur d'être enlevée en plein jour par un monstre invisible. Je connais trop bien Al pour savoir le mal qui l'habite. Or la posture de cette dame, dit Crystal en désignant Kara de la tête, témoigne d'un trouble similaire.

– Votre déduction est parfaitement juste, Crystal, souligne le docteur. Je vous présente Kara Keller. Elle est animatrice télé à la recherche de sensationnel surtout dans le domaine du paranormal. Malheureusement ses émissions ne sont que de la pure fiction. Jamais le surnaturel ne s'est invité dans sa vie. Ce qui fait qu'aujourd'hui, elle se sent comme un imposteur et une menteuse qui a trahi son public. Et c'est précisément ce sentiment de culpabilité qui l'a amenée parmi nous.

– Je me sens très honorée, ironise la belle métisse. Une animatrice télé en visite dans ce purgatoire. Comme c'est touchant doc.

Kara ne sait trop quoi répondre. Elle préfère garder le silence et se montre prudente, comme la psychiatre lui a expressément recommandée. Elle balaye du regard la cellule de Crystal ; une vraie chambre forte, avec toutefois un vaste hublot de cinq mètres de large et 40 centimètres d'épaisseur offrant une vue imprenable sur l'océan.

– Crystal, pourrais-je vous demander une faveur ? Vous êtes libre de refuser si cela vous semble trop déplaisant. Rien ne vous y oblige.

– Dites toujours doc ?

– Voudriez-vous montrer à cette femme ce qui vous est arrivée.

– Avec joie. On ne peut rien vous refuser doc. J'espère qu'elle a les nerfs solides lance la belle métisse en dévisageant l'intruse.

Crystal enlève ses souliers, puis se déshabille intégralement à l'exception de sa petite culotte.

Kara porte la main à sa bouche. Oh ! Mon dieu !

– Crystal est une ancienne GI. Lors d'une mission de reconnaissance dans une zone sinistrée, son groupe a été la cible de tireurs embusqués. La ville en ruine dans laquelle ils avaient pénétrée s'est transformée en guet-apens. Sur les trois véhicules, deux venaient d'exploser en flammes sous ses yeux. Il n'y avait aucun espoir de rebrousser chemin, c'était combattre ou mourir. Pendant une heure interminable, elle et les trois survivants de sa troupe, sont restés cloîtrés comme des lapins dans leurs terriers. Chaque fois que l'un d'eux tentait une sortie, les tireurs prenaient un malin plaisir à démolir à la mitrailleuse lourde les murs précaires de leur cachette improvisée. Ils étaient faits comme des rats. Mais un événement inattendu a changé la donne. Un bus scolaire à moitié délabré, plein de poussière est apparu. Il y avait une douzaine d'enfants à l'intérieur. Le chauffeur bien mal avisé pensait sans doute tromper l'ennemi en les emmenant loin des horreurs de la guerre, certainement à la frontière. Mais passer par la ville fut pour lui une erreur fatale. Une balle perfora le parc brise avant et le tua sur le coup. Le bus quitta sa trajectoire et alla s'encastrer dans le mur de l'immeuble d'en face. C'est à cet instant précis que l'impossible se déclencha. En apercevant les gamins s'agiter derrière les vitres, une forte envie de riposter démangeait les soldats. Mais toute tentative était vaine, pas moyen de les aider sans y laisser sa peau. Pourtant ce jour-là, Crystal fit abstraction de ce fait crucial. Arme au poing, elle sortit de sa cachette et se précipita vers les enfants qui commençaient à évacuer le bus et à se répandre dans la rue. Elle vida son chargeur sur ses assaillants invisibles, dissimulés comme des lâches dans l'obscurités et réussit à en abattre un qui chuta du haut d'un toit. Lorsqu'elle atteignit le premier enfant qu'elle sauva in extremis d'une mort certaine, elle avait déjà pris trois balles, une dans le bras et deux dans la jambe gauche. Ce qui ne l'empêcha pas d'arracher à mains nues la portière avant du bus et de s'en servir comme bouclier en la maintenant par sa poignée intérieure. Grâce à ce stratagème insolite, elle redirigea les enfants à se cacher dans les profondeurs de l'immeuble en ruine. Les soldats de sa troupe, restés en faction, médusés par son extrême bravoure, l'aidèrent à protéger les enfants en tirant sur les façades d'où claquaient les coups de feu. Mais cela n'était pas suffisant. Combien de temps les enfants resteraient-ils à l'abri de ces monstres ?

Crystal ne prit pas le temps de réfléchir à cette abominable question. Devant les enfants regroupés autour de sa personne, elle déchira une plaque de taule, tordit des bouts de ferrailles et se confectionna deux gros bracelets qu'elle enroula à ses poignets. Et sans qu'elle ne le demande, c'est une fillette qui lui plaça la couronne de ferraille sur la tête, sur laquelle elle avait gravé une étoile, à l'aide d'un clou trouvé dans les gravats. Et c'est sous l'œil admiratif de ces filles et garçons chevillés par la peur, que Crystal trouva le courage de se ruer à nouveau dans la rue. Ce n'est qu'à la fin de ce combat de titan que l'on sut le nombre exact des assaillants. On en compta 20 au total. Crystal les a tués, un par un, jusqu'au dernier. Le soir dans les tentes, les villageois racontent les histoires des enfants orphelins voyageant à bord d'un bus, qui un jour de guerre, ont voulu quitter la ville. Certains disent qu'une femme, une guerrière s'est interposée. Qu'elle détournait les balles avec ses poignets aux bracelets de fer et rendait coup pour coup, sans jamais s'arrêter. Qu'elle a escaladé une façade de 10 mètres avec un essieu de voiture en bandoulière dans le dos, dont elle s'est servie pour massacrer ses ennemis. Quand tout fût terminé, ce sont les enfants, qui l'ont recueillie sur une civière de fortune, avant de la remettre au dernier soldat de sa troupe encore en vie. En voyant son corps baignant dans une mare de sang, il s'est mis à pleurer à chaudes larmes. La psychiatre marque un temps d'arrêt, puis continue ; Crystal, a reçu 14 balles dans le corps, dont 8 en pleine poitrine. Ces cicatrices en sont la preuve.

Kara est tétanisée par la puissance irrationnelle de cette incroyable histoire. Toute son attention est braquée sur le corps couvert de cicatrices de cette femme qui se rhabille devant elle. Chaque impact a marqué la chair d'une empreinte arrondie, indélébile et parfaitement caractéristique de blessures par balle. Ces marques sont le témoignage brutal d'une résistance à toute épreuve. À n'en pas douter, ce corps a été poussé au-delà de toutes limites humainement possibles, dans un combat acharné d'une insoutenable férocité. Et pourtant... elle a survécu.

Kara ne dit rien. Elle se plie aux exigences de la psychiatre qui lui a formellement interdit de parler en présence de cette femme. De toute façon cela lui va très bien ; car son esprit est beaucoup trop agité pour trouver une quelconque cohérence dans l'organisation de ses pensées.

— Je vous remercie Crystal, d'avoir eu l'obligeance de vous soumettre à cet exercice pour le moins contraignant. Je repasserai, seule, dans le courant de la journée. Je crois que nous aurons beaucoup de choses à nous dire.

— Vous serez la bienvenue Judith, murmure Crystal sur un ton désinvolte, avec dans le regard l'expression d'une joie sincère.

CHAPITRE 5

L'ÉTONNANTE PROPOSITION DU DR BELLMAN

Le Docteur Judith Bellman invite doucement Kara à se retirer. L'infirmière Marlène Johnson qui durant tout cet entretien est restée faire barrage dans l'encadrement de la porte, ressort de la cellule pour les laisser passer. Kara se sent claustrophobe, elle a hâte de sortir au plus vite de cette boîte de conserve. Crystal semble exercer une emprise sur elle, et ça, ça lui fait peur. Même lorsque l'infirmière finit de tourner le volant de verrouillage mettant cette femme hors d'atteinte, Kara ne se sent toujours pas en sécurité. Il lui faut attendre d'avoir franchi la deuxième porte en titane massif pour qu'enfin elle reprenne son souffle normal.

Le Docteur Bellman et Kara ressortent dans le parc, au grand air, laissant derrière elles l'aile nord. Il y a tant de questions qui se bousculent dans sa tête, que Kara préfère se taire. Elle attend que la conversation s'établisse toute seule. Et elle fait bien, car la psychiatre finit par prendre la parole.

– Asseyons-nous sur ce banc, voulez-vous.

Kara s'exécute, tout en jetant un œil à la dérobade. Elle n'aimerait pas revivre la scène du sondage de crâne, qu'elle a vécu juste quelques instants plus tôt, sur ce même banc. Bizarrement les malades se tiennent à bonne distance. À croire que la psychiatre exerce une influence cachée, comme un pouvoir dissuasif qui inspire le respect, même aux plus dérangées de ces patientes. Assise côte à côte, Kara retrouve un peu de sérénité.

– Il est certain que ce que vous avez vu a dû vous choquer. Je vous dois quelques explications. Ces deux femmes ont un point en commun. Elles ne sont pas séquestrées contre leur gré. Bien au contraire, ce sont elles qui ont choisi ce mode de vie d'ascèse. Et cédant à l'extravagance de leurs caprices, c'est leurs parents qui ont financé chacune de leur cellule. Ces femmes sont libres, au même titre que vous et moi. Selon leur envie, elles sortent rarement plus d'une heure par jour, uniquement dans ce parc, pour goûter l'air marin et refaire le plein d'oxygène, probablement. Dans le cas d'Alexandra, d'un point de vue strictement psychiatrique, cela peut se comprendre. Sa phobie d'être enlevée en plein jour, a de quoi faire vraiment peur. Surtout lorsque l'on y croit dur comme fer. Mais pour Crystal, c'est tout autre chose. Il y a une part sombre qui l'habite, de beaucoup plus terrifiant. Ce qu'il leur est arrivé, n'est pas dû à l'effet du hasard.

– Que voulez-vous dire ? l'interrompt Kara plus fascinée, qu'intriguée.

– J'y ai longuement réfléchi. Ce que j'en ai conclu n'est que pure hypothèse. Je n'ai rien de concret pour étayer ma théorie. Néanmoins mes convictions reposent sur des informations tangibles recueillies auprès de ces deux femmes, de leurs proches et de leur entourage respectif. Et ce que je m'apprête à vous révéler, n'est ni plus ni moins que le résultat stupéfiant de la compilation de toutes ces données. À présent, je vous propose de faire un petit voyage dans le temps. Alexandra a douze ans, une fois ses devoirs terminés, après l'école, elle se livre à son passe-temps favori ; regarder des séries télévisées, mais pas n'importe lesquelles. Il s'agit d'histoires fantastiques, sur des mondes parallèles et sur l'au-delà. Alexandra est une passionnée d'histoires paranormales. Elle visionne sans cesse la quatrième dimension, dévore les livres de Lovecraft, d'Edgar Allan Poe, de Mary Shelley créatrice de Frankenstein, de Bram Stocker créateur de *Dracula*, de Stephen King et de nombreux autres œuvres toujours sur son thème de prédilection ; l'imaginaire. C'est ainsi qu'elle passe toute sa jeunesse à étancher sa soif de surnaturel. Quand un beau jour, pour fêter la réussite à son examen, il lui vient l'idée saugrenue de faire un tour du monde entre copines. Jusque-là me direz-vous, il n'y a rien qui présuppose des évènements qui vont suivre. En effet la vie de cette fille, ne présente pas de différence notable avec les filles de son âge. Qui n'a pas regardé ou lu des histoires incroyables ? Qui n'a pas rêvé de monstres ou de créatures fantastiques après une bonne séance de cinéma ? Nous aimons tous ce genre d'histoires. Notre cerveau se nourrit de fiction pour mieux affronter la réalité. Cette demande qui s'apparente à du divertissement est très forte chez chacun d'entre nous et ce depuis la nuit des temps. Mais revenons à Alexandra. J'ai appris une chose pour le moins singulière en me baladant sur les docks. J'ai surpris tout à fait fortuitement, une bien étrange conversation entre deux marins. L'un d'eux disait qu'il connaissait le capitaine du bateau disparu. Intriguée, je me suis approchée pour mieux saisir ce qu'il racontait. D'après ses dires, le capitaine s'était procuré la veille du départ un tas de films d'épouvantes. L'homme qui parlait le savait, puisqu'il les lui avait montrés. Et le plus surprenant, c'est que parmi cette dizaine de films se trouvait un livre, un livre intitulé *Disparu dans les Bermudes*.

— C'est très étonnant, en effet ! en convient Kara, qui se demande perplexe où la psychiatre veut-elle en venir.

— Voilà le scénario que j'ai conçu et qui je pense calque le mieux avec les faits. Avant de s'endormir, Alexandra se plonge dans la lecture de ce livre trépidant. Et pendant la nuit son subconscient a matière à travailler. Car ce sont toujours les dernières choses auxquelles on pense qui influencent nos rêves. La nuit notre sommeil est donc ponctué de phases oscillant entre l'imaginaire et les souvenirs déformés de notre réalité passée. Ce n'est qu'une fois réveillé que nous prenons pieds dans le réel. Or il s'avère que leur bateau a mis le cap sur le Triangle des Bermudes. Et c'est précisément cela, qui va provoquer une confusion irréversible dans l'esprit de la jeune fille. Le décor de cette lecture angoissante prend soudain vie sous ses yeux, faisant naître en elle une fragilité psychique de plus en plus prononcée. Tous les océans du globe se ressemblent, mais pas pour Alexandra. Chaque fois qu'elle arpente la cabine de pilotage, les instruments de bord lui rappellent que leur bateau se trouve dans le Triangle des Bermudes. Ce qui n'était qu'une œuvre de fiction, commence à devenir réalité. La tiédeur de l'air brassé par les vents, la couleur de la mer teintée par le bleu du ciel, et l'humidité tropicale confère à ce lieu un aspect paisible. Mais ces phénomènes ordinaires dont elle est témoin sont pour Alexandra des similitudes inquiétantes avec sa lecture du soir. Dans cette tranquillité toute relative, elle y perçoit autre chose. Cependant par peur du ridicule, elle n'ose pas avouer à ses amies que depuis le début de leur aventure, elle est en proie à un mal étrange qui la ronge de l'intérieur. En journée elle donne le change, s'efforçant de ne pas attacher trop d'importance à ce qu'elle considère encore comme des facéties. Ce qui n'est pas le cas de son subconscient qui lui à l'inverse, prend ça très au sérieux. Pendant son sommeil, à l'insu de sa conscience, il travaille sans relâche à l'exécution d'une tâche bien précise ; engendrer l'impossible. Et lorsqu'un matin, ces jeunes filles et leur capitaine se réveillent, une épaisse brume marine recouvre l'Océan. L'air s'est chargé d'électricité, comme avant l'orage. Les instruments s'affolent, les aiguilles tournent dans tous les sens, au nord, au sud, à l'est, à l'ouest. Soudain leur bateau vogue sur un océan noir menaçant. Les voilà perdus dans un immense nuage magnétique, posé sur l'eau, d'où se diffuse le doux parfum de la mort.

Kara écoute sans savoir quoi penser. Tout cela la dépasse complétement et la captive tout à la fois.

– À présent je vais vous parler de Crystal, reprend la psychiatre sans interruption. Son parcours est tout autre, bien que présentant des bases communes. Avant de s'engager dans les GI, Crystal passe le plus clair de son temps plongée dans les bandes-dessinées. C'est là, dans ses lectures trépidantes, qu'elle fera la découverte de son héroïne préférée : *Wonder Woman*. Elle se met à collectionner avec une avidité sans bornes, tous les albums de la série. Allant même jusqu'à payer la coquette somme de 6 000 dollars pour s'offrir l'un des tous premiers numéros, parût en 1941. Au début ses proches n'y voyaient qu'une simple lubie, une passion inoffensive. Mais cela commença à les inquiéter quand ils virent que les centres d'intérêts de leur fille tournaient exclusivement autour de ce mythe. Tout se rapportait à *Wonder Woman*. Sa chambre était tapissée de posters de cette amazone immortelle et un tas de figurines à son effigie ornaient les étagères de ces armoires vitrées. Crystal passait ses soirées scotchée devant l'écran à regarder l'Ex Miss Monde Linda Carter jouer les invincibles en interprétant la belle Diana dans la fameuse série télé. Ainsi l'univers de Crystal se résumait au monde virtuel de cette super-héroïne. Il n'y avait plus de place pour autre chose. Et lorsqu'elle décida de s'engager dans l'armée américaine, bien naturellement, ses parents s'y opposèrent. Mais leur refus renforça sa résolution de servir son pays. Cela ne fit qu'attiser sa soif de justice. Et elle s'enrôla sous les drapeaux, dans le ferme espoir qu'un jour, elle incarnerait pour de vrai, le rôle mythique de sa super-héroïne. Et comme vous l'avez vu, conclut la psychiatre en fixant du regard son interlocutrice assidue, les circonstances semblent lui avoir donné raison...

Kara vient de tiquer, un mot dans la phrase du docteur fait tomber toutes ses théories comme un vulgaire jeu de cartes.

– Pourquoi employez-vous le mot *semble* ?

– Parce que je ne crois pas à cette histoire, ni à celle de d'Alexandra d'ailleurs.

– Mais, attendez une minute, l'apostrophe Kara. Même si j'avais peine à le croire, je croyais sincèrement que ce que vous me disiez au sujet de ces femmes, était la stricte vérité.

– Allons ne soyez pas si naïve. Ces histoires ne sont rien d'autre qu'une invention de l'imagination. Oh, oui ! Je sais qu'Alexandra et Crystal aimeraient beaucoup que je crois à ces thèses invraisemblables. Or je suis docteur en psychiatrie. Je ne crois donc pas au surnaturel. Ces femmes sont atteintes de folie. Leurs parents fortunés, dans leur immense bonté ont cédé aux pulsions insoupçonnées de l'amour qu'ils portent à leur enfant. Ils ont honoré chacun de leur caprice. J'ai d'abord émis certaines réserves. Puis devant l'insistance de mes patientes, j'ai donné mon avis favorable à la réalisation de ces installations coûteuses. Pourtant, aujourd'hui, il m'arrive de me demander si j'ai bien fait d'autoriser une telle dépense. Je suis déçue. Les résultats escomptés ne sont pas aux rendez-vous.

– Avec tout le respect que je vous dois docteur, vous vous êtes plantée en beauté. Je trouve que vous faites de drôles d'expériences. Bon sang ! Elles ne sont pas vos cobayes, lance Kara au bord de l'écœurement en la fusillant du regard. Comment avez-vous pu accepter de placer ces femmes dans de telles conditions de détention, si vous-même reconnaissez l'absurdité d'un tel traitement ?

– Oui, je comprends votre ressentiment à mon égard. Cependant, il subsiste l'ombre d'un doute qui s'est infiltré dans ma conscience de professionnelle aguerrie en psychiatrie. Et en dépit de tous mes efforts, je ne peux le chasser. À force de côtoyer ces deux patientes atypiques, j'ai fini par trouver une faille. Une anomalie, presque insignifiante, mais qui lorsqu'on y regarde de plus près, a toute son importance. Pour l'exprimer plus simplement, j'ai découvert que ces deux malades ont un point en commun tout à fait extraordinaire. D'après certains renseignements non officiels émanant de la marine marchande ; il se trouvait un docteur sur le bateau qui a repêché Alexandra. Paraît-il qu'il l'aurait ressuscitée d'après ce qu'en disent les marins. En effet le corps de la naufragée présentait tous les signes annonciateurs d'une morte en sursis. Rien ne laissait envisager qu'elle s'en sortirait. Pourtant cet homme l'a sauvée. Un grand type qu'on n'oublie pas, ont révélé les membres de l'équipage à la police. Il avait d'énormes biceps. Beaucoup se demandait d'où lui venait des biscottos pareils. Généralement c'est plutôt en prison qu'on a le temps de se forger un corps aussi balèze et non dans les salles d'opérations à soigner les mourants. Mais le personnel de bord ne voulait pas d'ennui. Aussi jugea-t-on plus sage de ne pas importuner ce curieux docteur qui montrait de réel talent en médecine.

Lors de ce périple, il a sauvé la vie d'un marin victime d'une attaque de cachalot. Le malheureux se trouvait à bord d'une petite embarcation de cinq pêcheurs reliés par un câble au navire. Et alors qu'on ramenait le filet de pêche, un cachalot surgit des flots, retomba lourdement sur le filet et emporta d'un coup son bras empêtré dans le cordage. Cela a eu lieu quelques jours avant que l'on ne retrouve le corps déshydraté d'Alexandra dérivant vers le large. Et le plus incroyable, c'est que sur ordre de ce docteur, les pêcheurs ont récupéré son membre arraché emprisonné dans le filet dont les doigts de la main serraient toujours vigoureusement le cordage. Et le croirez-vous si je vous disais qu'il lui a remis son bras en place ? J'étais sceptique quant à la véracité de cette histoire. Je me suis donc rendue à l'amirauté qui m'a communiqué l'adresse de la victime. Par chance le marin en question se trouvait à son domicile. J'ai pu l'écouter me narrer son horrible mésaventure. Et surtout, voir de mes propres yeux, les profondes cicatrices juste en dessous de l'épaule droite, qui témoignent de l'extrême violence avec laquelle son bras a été arraché. De là me sont venues de drôles d'idées. Qui parfois me font me demander comment ce docteur a pu recoudre un bras, alors qu'il ne disposait que d'un matériel médical sommaire.

Pour l'expliquer, la victime de ce drame, m'a dit que c'est précisément grâce à l'eau de mer que ses ligaments sont restés intacts. Avant l'opération le docteur avait en effet expressément recommandé que l'on garde bien le bras et le moignon de l'accidenté immergés dans des bacs d'eau de mer renouvelée toutes les 10 minutes ; tout cela dans le but d'assurer une conservation optimale des tissus. Comme vous le voyez ce docteur a fait preuve d'une rare intelligence, et par-dessous tout, d'un savoir-faire exceptionnel. Car même si l'eau de mer est stérile et a la faculté d'avoir des propriétés salvatrices uniques, rien ne pouvait garantir que la greffe allait prendre, surtout dans des conditions aussi déplorables à ce genre d'intervention chirurgicale d'élite. Le plus surprenant est que ce marin avait recouvré à 100% l'usage de son bras. Si je n'avais pas été informée et s'il ne m'avait pas montré l'endroit de jonction meurtri de chair rouge-violacée, en retirant sa chemise, jamais je n'aurais imaginé que cet homme avait un jour entièrement perdu le bras dont il se sert le plus. Et savez-vous ce qui m'a frappée en allant lui rendre visite ?

– Non, mais j'aimerai savoir, lui répond poliment Kara.

– Ses cicatrices me rappelaient celles de Crystal. Et je me suis dit que c'était le même praticien qui avait opéré avec une telle maestria sur ce navire et dans cette zone du bout du monde en proie à la sauvagerie barbare de la guerre.

– Comment pouvez en être aussi sûre ?

– C'est bien là le problème, je ne suis sûre de rien. En ce qui concerne Crystal, je ne dispose que de ce document, dit la psychiatre en sortant un petit carnet de la poche de sa blouse. Je ne m'en défais jamais. Il m'a été remis par les parents de Crystal. C'est un manuscrit, ou si vous préférez, le journal intime du dernier soldat survivant qui a aidé les enfants à transporter le corps ensanglanté de leur super-héroïne, jusqu'à un point de ralliement. De là, elle fut conduite vers une sorte d'ONG où un chirurgien l'a prise en charge et la soigna de ses blessures mortelles. Tout est consigné noir sur blanc dans ce mémoire, dit la psychiatre en ouvrant les pages du carnet à la couverture à demi-carbonisée.

– Qu'est-il advenu de ce soldat ?

– Il est mort en mission, peu de temps après que Crystal soit revenue à la vie. C'est pourquoi son livre y relate des faits extraordinaires. Car dans ce recueil, lui seul a pu témoigner de choses impossibles dont il a été l'ultime témoin.

– Mais quelque chose vous bloque, n'est-ce pas Docteur ? Si j'en crois ce que vous m'avez dit, vous n'êtes pas satisfaite.

– Oui, vous êtes très perspicace Madame Keller. Je vois que vous m'avez bien écoutée. En effet rien ne me prouve que tout cela soit vrai, malgré les cicatrices et les dires de ces témoins de l'ombre. Je ne peux pas adhérer à ce que mon esprit de docteur en psychiatrie considère comme des fantasmes de l'égo. Ce journal ne représente pas une preuve. Je n'y vois que le beau récit édulcoré d'une touche de fantastique, écrit par un soldat traqué par la peur qui doit chaque jour affronter ses propres démons dans un monde en perdition. Quoi de plus naturel que de vouloir combattre le chaos par de belles histoires. L'imagination est le meilleur moyen de s'échapper de l'enfer. Alors oui, je pense que tout cela n'est que pure invention, dont le seul but est d'éviter la souffrance infligée par l'horreur de la guerre.

– Pourtant, vous gardez ce journal près de vous ! Vous vous pliez aux demandes excentriques de vos malades en leur fournissant des lieux d'isolement répondant parfaitement au désir engendré par leur peur la plus tenace. Et maintenant que je vous ai bien entendue, je crois connaître la peur de chacune de ses femmes. Pour Alexandra vous me l'avez dit, c'est la peur d'être enlevée par une créature invisible. Pour Crystal, vous ne me l'avez pas encore révélé, mais je devine qu'il doit s'agir d'une peur encore plus grande. La peur de perdre le contrôle de soi-même, spécialement quand on sait que l'on possède des superpouvoirs. Dieu seul sait ce qui pourrait se passer s'il lui prenait l'envie de faire justice ! Vous n'avez jamais été témoin de choses anormales ! Cependant docteur, vous aussi avez néanmoins pris toutes vos précautions. La vérité c'est qu'en acceptant l'offre généreuse de leurs parents, vous n'avez fait qu'accepter de protéger leur progéniture d'un mal que vous êtes à peine capable d'appréhender en imagination. La conclusion de tout ceci est que vous aussi avez peur, peur qu'un jour la folie de ces deux patientes se vérifie par des faits inéluctables, dont vous serez le principal témoin.

– Comme vous êtes forte, votre esprit est très affûté. Vous faite preuve d'une clairvoyance exceptionnelle et je me félicite d'avoir fait appel à vous.

– Vous n'avez pas fait appel à moi ! C'est moi qui me suis manifestée la première.

– Hélas, cette fois, vous vous trompez. C'est moi qui suis entrée en contact avec l'un des membres de votre équipe ; un dénommé Ned Morris. Moyennant une somme d'argent, il a tout de suite accepté de vous jouer ce tour. C'est lui, qui à ma demande, vous a habilement insinué de venir à ma clinique... me rendre visite.

– Bon sang ! Je n'arrive pas à y croire, réplique Kara en lui jetant un regard de feu.

– Je sais que ce n'est pas bien. Je n'aurai pas dû agir ainsi avec vous. Maintenant que j'ai appris à vous connaître, je me rends compte de la belle personne que vous êtes. Aussi je vous prie de bien vouloir me pardonner d'avoir usé de ces libertés avec vous. Mais comprenez-moi, supplie soudain la psychiatre en la fixant droit dans les yeux. Je n'avais pas le choix.

– Pourquoi ?

– Parce que vous êtes ma dernière chance. La seule capable d'élucider ce mystère et de lever à jamais le voile sur les doutes qui pèsent sur la conscience de leurs parents et de la mienne. La clé de l'énigme réside dans l'existence d'une seule et unique personne.

– Ce docteur ?

– Parfaitement, Kara, s'exclame la psychiatre en lui enserrant la main.

– Alors, c'est donc ça, l'objet de ma venue ?

– Oui, accepterez-vous de m'aider ?

– Vous m'en avez assez dit pour exciter ma curiosité. Je crois que je n'ai plus vraiment le choix maintenant.

– Dois-je en conclure que vous acceptez ? se réjouit la psychiatre.

– Oui. Il me tarde de me lancer sur les traces de cet homme.

– Retrouvez le Kara, coûte que coûte, vous m'entendez ? La santé mentale de tous en dépend, y compris la mienne. Vos déplacements et tous vos frais annexes seront entièrement payés.

– Ne vous inquiétez pas, si ce mystérieux docteur existe, nous le trouverons.

À suivre...

DU MÊME AUTEUR

Axelle la Magicienne du Temps

Dans le royaume du tigre

Eugénie et le livre magique

La Fille du Diable habite New York

La Princesse de Glace

Le manuscrit empoisonné

Réalité de cristal